EL LEGADO DE

EL LEGADO DE GEORGIA

TITULO:

EL LEGADO DE GEORGIA

Subtítulo

La Vida de una Hembra Explotada

Autor:

HERLINDA HERRERA LOPEZ

Mi nombre es **HERLINDA HERRERA LOPEZ,** nací en un rincón del estado de Veracruz, México, en el año 1958, crecí en una población pintoresca llamada Tlapacoyan y soy Profesional egresada del Instituto Politécnico Nacional.

Mi vida laboral se desarrolló en el ambiente gubernamental y soy orgullosa jubilada de la única planta nuclear de mi país. Actualmente radico en la ciudad de Xalapa, Veracruz, México. Mi esposo, mis hijos y yo somos una familia que ama a los animales.

Ahora en esta etapa de mi vida he descubierto una realidad que desconocía porque no se ve a simple vista, pero que viven en el día a día los animales en condición de calle y he decidido pasar del sentimiento a la acción y colaborar activamente para ser parte de la solución.

Escribir este libro tiene dos objetivos: el primero es despertar la conciencia de hombres, mujeres y niños de todo el planeta sobre el cuidado y las necesidades de los animales de compañía como son los perros y gatos.

Y el segundo con la venta de este libro reunir fondos que ayuden a cubrir las necesidades de atención médica veterinaria y campañas de esterilización que eviten que más animales inocentes nazcan, crezcan y mueran en condiciones deplorables.

EL LEGADO DE GEORGIA

AGRADECIMIENTOS

Un agradecimiento sincero al siguiente personal médico que colaboró con sus conocimientos y profesionalismo para que Georgia sobreviviera dos años y medio posteriores a la adopción, sin ellos esto no hubiera sido posible:

MVZ Moisés Pardo Morales, su Veterinario de Cabecera, MVZ Yareli Torres Uribe, Cirujana Veterinaria, MVZ Raúl Rebolledo Martínez, su Oftalmólogo y Dra. Amparo Chávez Gamboa, su Cardióloga

A mi esposo **Alejandro del Angel Solís** por su apoyo a mi decisión de adoptarla y por su solidaridad en los desvelos para cuidar de ella hasta el último minuto. Así también por su valiosa colaboración en el proceso de escritura de este libro.

A mis hijos **Guillermo y Jorge Ramos,** a mis nietas **Carolina e Isabelle Ramos** y a mis sobrinas **Mayra y Alma Rosa Herrera B.,** a todos **GRACIAS** por quererla y aceptarla como parte de la familia, así como ayudar en su cuidado las veces que fue necesario.

EL LEGADO DE GEORGIA

INDICE

EL LEGADO DE GEORGIA

PROLOGO

Como sucede en casi todas las actividades económicas a nivel mundial, éstas tienen una doble faceta: **la legal** que cumple con las normas y requisitos que establecen las autoridades en la materia y **la ilegal** que se lleva a cabo de forma clandestina.

En esta historia me referiré a los criadores de animales de raza, pero hago énfasis y aclaro que no es un juicio que los involucre a todos en general, únicamente me refiero a las personas que sin conocimientos, ni ética, ni respeto a la vida animal, utilizan a los animales para explotarlos indiscriminadamente poniendo en riesgo su salud y su vida a cambio de una suma de dinero. Esta historia involucra solo a quienes los consideran una mercancía de cambio.

Al mismo tiempo existen criadores con ética y respeto a la vida animal y eso hace la diferencia. Ellos proveen alimentación, .cuidados veterinarios, así como espacios apropiados para su desarrollo integral, sin afectar ni su salud ni su bienestar en general.

.

EL LEGADO DE GEORGIA

CAPITULO 1

Origen de Georgia

Este es un relato de la vida de Georgia, que se desarrolla en la ciudad de Xalapa, estado de Veracruz, México.

La protagonista fue Georgia, una hembra de la raza bulldog inglés que nació en el año 2012.

Fue producto de una cruza de padre y madre de la raza identificada como Bulldog Inglés, mismos que contaban antes de su apareamiento con un Certificado de Pedigree que avalaba sus orígenes.

De dicha cruza se obtuvo como resultado una camada de cuatro cachorros, una hembra a quien llamaron Georgia y tres machos de identidad y futuro desconocidos.

Georgia nació en el seno de una familia dedicada a la cruza de animales de raza como su negocio habitual.

Esta actividad es considerada un negocio rentable y los animales considerados como la mercancía bien cotizada, mismos que son ofertados incluso antes de nacer, como fue el caso de Georgia que fue vendida durante la gestión del embarazo y entregada a su nuevo dueño a los tres meses después de ser destetada.

Esta raza de perros al igual que todos los animales cuando son cachorros inspiran ternura por su aspecto y corpulencia en todos los espectadores, particularmente los niños.

Sin embargo, la mayoría de las personas que están interesadas en adquirir uno de estos ejemplares no tienen los conocimientos previos sobre la crianza, desarrollo, cuidados, vacunas y enfermedades que padece esta raza en particular.

Los motivos que los impulsan a la compra no siempre son los mismos; en algunos casos es para complacer a sus hijos, sin considerar que el cuidado y demás serán responsabilidad de los adultos.

En otros casos los compran como símbolo de estatus, porque son perros que se cotizan en el mercado en precios altos, tener un perro de esta raza es como tener un objeto de lujo que está dentro de sus posibilidades.

Otra de las motivaciones y quizá la más mezquina es comprar un cachorro de bulldog o de cualquier otra raza con la intención de lucrar con él, ya sea si es macho alquilándolo como semental o si es hembra explotando su capacidad de embarazarse de forma repetitiva.

Para los lectores que no están familiarizados con esta raza les digo que las hembras deberían ser esterilizadas después de nacer la primera camada, si se tienen las condiciones necesarias para cuidar de los cachorros; sino se tienen los recursos entonces hay que esterilizar en cuanto su Veterinario lo recomiende.

Esta medida independientemente que favorecerá la salud de la hembra, permitirá que no ocurran embarazos no deseados. No es necesario que tengan hijos para que tengan una vida sana y feliz.

La razón para esterilizar es que una hembra no esterilizada tiene muchos periodos de celo a lo largo de su vida, prácticamente su periodo de fertilidad es hasta que mueren, lo cual las predispone a desarrollar una enfermedad llamada Piometra que en la mayoría de los casos sino es atendida inmediatamente ocasiona la muerte del animal.

Esto independientemente de las enfermedades consecuencia propia de la vejez y las que padezcan características de cada raza.

EL LEGADO DE GEORGIA

CAPITULO 2

Adolescencia y Adultez

El comprador de Georgia fue un comerciante que tenía un local donde vendía sus productos y al ser soltero y vivir en un departamento decidió que para evitar que Georgia fuera robada de su domicilio lo mejor era tenerla a vista todo el día en su negocio, para lo cual al no contar con un lugar apropiado para ella, la colocó en una jaula y ahí permanecía encerrada durante todo el día.

Georgia no tuvo paseos ni convivencia alguna con ningún otro perro, lo que ocasionó que ella viviera prisionera y su jaula se convirtiera en su único espacio propio donde se alimentaba y utilizaba para sus necesidades como dormir e ir al baño.

Esta etapa de su juventud sin ejercicio, sin juegos, sin un espacio apropiado para hacer sus necesidades marcó el futuro de Georgia con conductas inapropiadas pero plenamente justificadas. En particular no identificar zonas específicas para ir al baño, costumbres que al final de su vida fueron casi corregidas.

Dos años después de vivir en esa rutina diaria, el comerciante se mudó a trabajar a otra ciudad y al haber cumplido Georgia ya 2 años y encontrarse en su madurez sexual, su dueño consideró que podía venderla al mejor postor para obtener una jugosa ganancia, promoviendo su venta como hembra apta para procrear repetidamente y generar mucho dinero.

El mensaje a trasmitir era que Georgia potencialmente era una máquina para hacer dinero fácil, sin hacer hincapié en su salud ni sus necesidades propias.

La vida de Georgia fue una vida solitaria y cruel.

EL LEGADO DE GEORGIA

CAPITULO 3

Madurez y Reproducción

Georgia fue comprada por un tercer dueño, que al igual que los anteriores se dedican a la explotación de animales de raza para obtener un beneficio económico.

Usualmente los criadores clandestinos para tener un negocio redituable que los mantenga incluso cuando no salen a trabajar, deben tener al menos un macho y cuatro hembras y con ello casi aseguran al menos dieciséis crías al año.

Con el tercer dueño vivió desde los dos hasta los siete años en que pasó de la etapa de juventud a la de adultez e inicios de la vejez.

Georgia llegó a manos de esta persona quien desde el inicio vio en ella la oportunidad de convertirla en una fábrica de cachorros de raza, cuyo precio en el mercado es bastante alto.

Las referencias en los libros de Veterinaria señalan que la edad para gestar de las hembras oscila entre los dos y cinco años y algunos recomiendan que para mantener la salud lo ideal es máximo tres camadas, espaciándolas a una por año; sin embargo a Georgia no le tuvieron esa consideración, ni tomaron en cuenta que ella era una hembra de complexión pequeña.

Ella fue inseminada repetidamente hasta los 6 años de edad, la huella de dicho abuso quedó grabada en sus mamas que a simple vista quedaron muy dañadas por tanto amamantar.

De esas inseminaciones nacieron muchos cachorros, y de esas crías dos de la última camada murieron por haber presentado defectos congénitos al nacimiento. Esta situación se presentó porque la salud de Georgia ya estaba muy deteriorada cuando fue inseminada por última vez.

La inseminación es una técnica que se hace en un consultorio Veterinario y debe hacerlo un Veterinario con experiencia para tener éxito y no causar molestias innecesarias a la hembra, pues este es un procedimiento que generalmente se realiza sin anestesia.

Incluso en el último embarazo ella ya tenía manifiestas varias enfermedades como una infección nunca atendida en el saco anal, otitis repetitiva (infección de los oídos) que le generó queratosis en sus orejas (eran duras como un pedazo de cartón), severos problemas de la vista que la tenía opaca por falta de humedad, y ya para rematar una falla cardíaca.

Los partos de las hembras como Georgia no son naturales y deben llevarse a cabo mediante cesárea, lo que también implica que por cada cesárea fuera sometida a anestesia inhalada por tratarse de animales de nariz aplanada, con el consiguiente riesgo de morir durante esas intervenciones.

Su vida pasó de estar confinada a una jaula a estar en un espacio muy pequeño, que era usado como el lavadero de esa casa y donde ella vivía día y noche junto con sus hijos, hasta que éstos eran vendidos uno a uno, cuando cumplían los reglamentarios tres meses para el destete.

No tuvo una dieta apropiada para una hembra que está amamantando, ni contó con un sitio idóneo para descansar, abrigado en el invierno y fresco en el verano.

Tampoco recibió los cuidados mínimos de su salud como eran sus vacunas ni tratamientos desparasitantes. tal como lo señalan las recomendaciones mínimas de cuidados veterinarios.

EL LEGADO DE GEORGIA

CAPITULO 4

Adultez y Enfermedad

Como consecuencia de ese tipo de negligencia en su cuidado, así como de los continuos partos y nula atención veterinaria, Georgia enfermó y su salud empezó a decaer día a día.

Ante este panorama finalmente la atendió un Veterinario quien diagnosticó las enfermedades y problemas de Georgia y los dueños al enterarse que requería cirugía y tratamientos postoperatorios, así como su costo respectivo, hicieron un plan para su futuro.

Como respuesta ante ese panorama de inmediato intentaron buscar sin éxito un adoptante, opción que no tuvo resultados porque los interesados en adoptar no buscan perros ni viejos, ni enfermos.

Ya la última opción sino era adoptada seguramente sería sacarla a perder a la calle.

Esa es la triste historia de Georgia que se replica a diario en todos los rincones de México, hembras y machos de raza y mestizos, ya en su adultez o vejez, enfermos y que ya no son negocio para sus dueños, son llevados a carretera a dejarlos abandonados, sin importar si mueren de hambre o de sed o de cansancio de tanto caminar sin rumbo.

Muchos de ellos mueren atropellados al cruzar las carreteras y unos pocos rescatados por las manos de las personas rescatistas.

Cabe hacer mención que los rescatistas en México constituyen la única esperanza para los animales de la calle, que aunque en realidad no son de nadie, creemos son responsabilidad de todos como ciudadanos.

Este grupo de personas tienen elevada empatía con los animales y en su afán de salvar una vida en ocasiones arriesgan la suya; esto sin importar la historia que hay atrás de cada animal, sencillamente consideran que son seres vivos con el derecho a tener una familia que los quiera y les dé la oportunidad de una vida digna lo que les reste de vida.

EL LEGADO DE GEORGIA

CAPITULO 5

Adopción

En un inicio el primer contacto vía telefónica fue para ofrecer en venta a los cachorros (hijos de Georgia), pero al enterarse que no compartíamos esa forma de pensar y no compraríamos ningún cachorro, Georgia fue ofrecida para adopción.

Aunque inicialmente no teníamos planes de adoptar porque ya teníamos un perro en casa, el hecho de que dieran en adopción un perro de raza nos generó curiosidad.

Concertamos una cita para conocerla y tal como lo imaginamos había un motivo evidente, Georgia estaba muy enferma y ellos no querían gastar su dinero en curarla y cuidarla porque ya no era negocio tenerla.

Cuando la conocimos presentaba problemas del oído, y sangrado rectal, sin mencionar su bajo peso y cansancio que se observaba al caminar debido a sus problemas cardiacos.

El primer encuentro fue en una calle cualquiera donde ella llegó cansada y al momento se sentó sobre la banqueta, dando lugar a que pudiésemos observar que al levantarse dejó una huella de sangre que tenía un olor penetrante por la infección que cursaba en ese momento.

Ante la sospecha que había algo oculto y delicado solicitamos llevarla a un Veterinario para que hiciera un diagnóstico de la salud de Georgia, el tratamiento requerido y su respectivo costo.

El Veterinario previa revisión diagnosticó una fuerte infección en la zona anal, misma que requería con urgencia una cirugía y tratamiento postoperatorio largo para curar las distintas enfermedades que se mencionaron con anterioridad.

Ese mismo día tomamos la decisión de adoptarla pues una tardanza podría significar la diferencia entre la vida y la muerte.

La adoptamos a sabiendas de que no sería un proceso fácil.

La adoptamos porque ella nos convenció con su mirada triste que necesitaba una oportunidad para seguir viviendo, para tener una familia que la integrara a otro ambiente, que le proporcionara todo lo que ella nunca había tenido: alguien que la quisiera sin importar su edad ni sus condiciones y la considerara parte de la familia, y esas fueron las razones por las que decidimos adoptarla aún sabiendo que su salud estaba ya muy deteriorada.

Supimos desde el primer día que podíamos y queríamos darle por el resto de su vida, una vida diferente.

Formalizamos la adopción mediante un acta y teniendo como testigos los empleados de la Veterinaria donde sería operada ese mismo día.

Fue entregada enferma, sin ningún documento de identidad ni carnet de vacunación y cediendo todos los derechos y obligaciones para con ella.

Fue operada inmediatamente para salvarle la vida y tras perder su cola y con una herida de quince centímetros como evidencia, inició una etapa de recuperación que fue lenta, dolorosa y difícil.

Primera foto de Georgia, así la conocimos, no tenía un collar y menos una placa de identidad

Su triste mirada de súplica que nunca olvidaremos

Imagen posterior a su cirugía

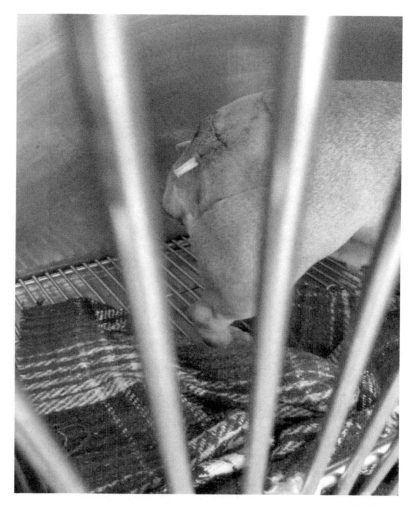

Imágenes de la etapa postoperatoria

Tras quince días de hospitalización, de dolor y sufrimiento fue dada de alta y llevada a su nuevo hogar aún con tratamiento y dieta especial.

Finalmente después de esa etapa sanó de sus distintos padecimientos y rápidamente se adaptó a su nueva vida.

Tuvo todo lo que un perro cualquiera debería tener, especialmente alguien de su edad: pues la recibimos de 7 años.

Recibió mucho amor, su propio espacio, su cama, buena alimentación acorde a sus necesidades, atención Veterinaria frecuente, vacunas, desparasitantes y todos los tratamientos médicos necesarios para restablecer su salud.

Tuvimos toda la paciencia necesaria porque los truenos y ruidos fuertes la perturbaban.

Eventualmente también dejó de comer en su plato y quería que se le alimentara de la mano a la boca, cosa que también hicimos.

Tuvimos la paciencia necesaria para reeducarla y mostrarle nuevos hábitos.

Si se sentía mal se acercaba y quería apapachos, si tenía miedo se acurrucaba junto y no le gustaba bañarse porque no estaba acostumbrada.

Se le impusieron nuevos hábitos tanto de higiene como de alimentación para ayudar a su completo restablecimiento.

Después empezó a cansarse cada día más y fue atendida por una Cardióloga que después de los estudios pertinentes le detectó fallas cardiacas e inició tratamiento, mismo que llevó hasta el final de sus días.

Así también fue atendida por un reconocido Veterinario especialista en Oftalmología, quien después de diagnosticarla le indicó tratamiento para corregir la sequedad y opacidad de sus ojos, evolucionando satisfactoriamente y recuperando la claridad de su visión.

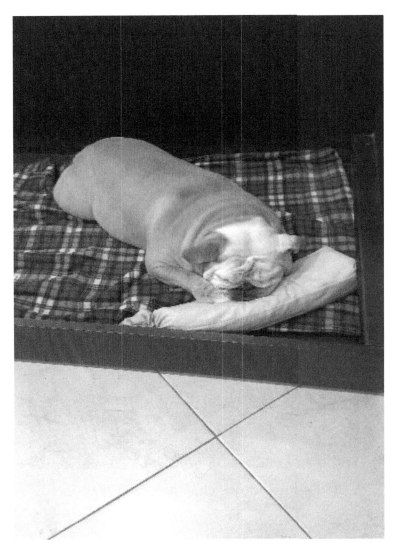

Disfrutando la siesta

Estrenando su chamarra para el otoño

Descansando en las escaleras

Tomando algo de sol

EL LEGADO DE GEORGIA

CAPITULO 6

Vejez, Adaptación y Muerte

Georgia se adaptó muy bien a nuestra familia y a la casa que fue su hogar, vivió su vejez muy consentida y tuvo una estancia feliz y tranquila, acorde a su edad.

También se acopló lo mejor que pudo a convivir con el perro de la casa, otro bulldog inglés, que cabe aclarar tampoco compramos, sino que alguien muy cercano en la familia nos lo dio porque no podía llevarlo en sus frecuentes viajes.

Sin embargo ella demandaba atención y aunque había una velada rivalidad entre ellos debida a los celos de ambos, durante los dos años y medio que ella sobrevivió al final ya se habían acostumbrado a la compañía mutua, compartiendo espacios y durmiendo uno junto al otro.

Su cumpleaños #7

Mis perros y Yo

Su último pastel, Georgia cumplía 9 años

Aceptación total

Convivencias

Y un día de Septiembre donde todo parecía normal, ella se levantó, tomó sol, desayunó, durmió y cenó bien, se subió a su cama y en unos instantes un infarto se la llevó al paraíso.

Avisamos al Veterinario y de inmediato nos confirmó que no había nada por hacer, que Georgia ya se había ido.

Su partida fue igual que su llegada: algo que ocurrió muy rápidamente. Creemos que no sufrió ni hubo dolor porque fue una muerte instantánea.

Fue sepultada como lo haríamos con cualquier miembro de la familia, en un sitio apropiado, colocada en un féretro y acompañada de su cobija y almohada favoritas.

Fue despedida al igual que como vivió su última etapa, como alguien importante en nuestras vidas.

Así le dimos el último adiós!

EL LEGADO DE GEORGIA

CAPITULO 7

El Legado de Georgia

Nunca nos arrepentiremos de haberle abierto las puertas de nuestra casa, pero sobre todo las puertas de nuestro corazón a Georgia.

Ella merecía todo lo que le dimos y a cambio tuvimos oportunidad de recibir de ella todo su amor y agradecimiento.

Con ella tuvimos de todo: muchas risas y también muchas lágrimas y despertó en nosotros sentimientos nobles como el deseo de protegerla, de cuidarla, de hacer por ella todo lo posible para que tuviera una vejez tranquila y saludable.

Georgia se fue pero nos dejó la convicción que todos los perros sin excepción merecen una oportunidad de tener una familia, a tener cuidados y sobre todo a recibir amor.

Nos dejó también la conciencia de que al igual que ella hay miles de animales desamparados, maltratados, explotados, atropellados, viejos y enfermos, cachorros abandonados, etc. que requieren un hogar, alimento, medicinas, atención veterinaria, vacunas, etc. A los cuales debemos ayudar dentro de nuestras posibilidades.

Ahora tenemos la convicción que si los ciudadanos y el gobierno hacemos equipo podemos todos ser parte de la solución a este problema de bienestar y salud animal.

A nivel nacional existen muchas agrupaciones civiles y personas rescatistas de animales que procuran hogar y rehabilitación a estas víctimas de otros seres inhumanos e irresponsables.

Ante este panorama estas personas y agrupaciones no tienen los recursos económicos suficientes para solventar todas las necesidades, que permitan alimentarlos, cuidarlos, asearlos; en fin curarles las heridas del cuerpo y de su corazón.

Ningún dinero es suficiente, entonces si haz llegado hasta aquí en la lectura de este libro te invito a dejar de lado la indiferencia y a dar lo que esté a tu alcance.

Si te preguntas que se necesita, te diré que dinero para pagar toda una lista de artículos iniciando por los necesarios para su alimentación, para su higiene y para la higiene de los lugares donde habitan.

Así también dinero para pagar las consultas médicas, cirugías y medicamentos de los que llegan enfermos o atropellados o lesionados por personas sin escrúpulos que odian a los animales sin motivo ni razón.

A algunos les molesta ver a los perros buscando comida en la basura pero no se detienen a pensar que esos animales buscan comida porque no tienen una familia que los alimente y se responsabilice de ellos.

Si los ves acostados en las calles es porque no tienen un hogar que los cobije.

También se necesitan manos dispuestas a alimentarlos, asearlos y hacer trabajos de enfermería con los animales que están enfermos y necesitan un tratamiento. Puedes ayudar unas horas o puede ser un día.

Pero sino dispones ni de dinero ni de tiempo, y quieres colaborar puedes dar albergue temporal a perros o gatos que han sido operados y necesitan de alguien que los cuide hasta recuperar su salud.

Las rescatistas o los albergues en manos de agrupaciones civiles no tienen espacios aparte donde ubicar a los perros o gatos que están convalecientes.

Puedes estar seguro que lo que siembras lo cosecharás y todo lo bueno que hagas en favor de alguien regresará a ti multiplicado.

Georgia nos dejó muy en claro la importancia de la **ESTERILIZACIÓN,** porque es el principal recurso para evitar que se sigan reproduciendo sin control **TODOS** los animales, en particular los que se encuentran en situación vulnerable.

Cada año nacen miles de animales cuya vida está destinada al sufrimiento y a una muerte prematura.

COMO LLEGAN LOS ANIMALES A LA CONDICION DE PERROS Y GATOS DE LA CALLE?

La gran mayoría de perros y gatos llegan a la calle por descuido y/o negligencia de sus dueños, otros porque cuando ya no les sirven o les estorban son llevados a perder en lugares alejados de su domicilio y en otros casos se trata de crías abandonadas recién nacidas cuyos dueños de la madre al no querer responsabilizarse de los cachorros los colocan en bolsas y los sacan a las calles poniéndolos en los basureros o a orillas de las carreteras, y si sobreviven se reproducen sin control y así se han criado generaciones de perros callejeros que ante su proliferación se convierten en un problema social.

Aquí cabe mencionar que aunque literalmente los perros de la calle no pertenecen a nadie, al mismo tiempo son responsabilidad de todos, pues todos podemos ser parte de la solución.

LUGAR QUE OCUPA MEXICO EN LAS ESTADISTICAS

Lamentablemente México tiene en Latinoamérica el primer lugar de perros en situación de calle. Según datos publicados por las autoridades hay alrededor de 20 millones de animales sin dueño, de los cuales mas de la mitad está viviendo en las calles.

Tan solo en el Estado de Veracruz se presume que hay aproximadamente 70,000 perros sin hogar que requieren atención.

A petición de la ciudadanía contamos con una Ley de Protección a los Animales, específicamente la Ley 876; sin embargo a la fecha es **letra muerta** porque por alguna razón desconocida no se pone en práctica.

Quizá haya una o muchas razones por las que esta Ley en la práctica no sirve, que pueden ser desde falta de personal para atender las denuncias, falta de presupuesto para llevar a cabo sus labores, creo que la más relevante es la **falta de difusión** por lo que la sociedad no sabe de su existencia, ni mucho menos que puede ameritar sanciones el hecho de violar su contenido.

PAISES QUE SON UN EJEMPLO MUNDIAL POR NO TENER PERROS CALLEJEROS

El primer país a nivel mundial que es ejemplo a seguir es **Holanda** donde desde el año 2016 **NO existen perros callejeros.**

Años atrás el problema era igual que en todo el mundo pero el Gobierno puso en marcha programas y Leyes que permitieran atenderlo y resolverlo.

Otro país que podemos tomar como ejemplo es Estados Unidos. En este país el problema no ha desaparecido pero sí se ha controlado con el establecimiento de albergues suficientes donde son llevados todos los perros que deambulan por las calles solos y **SIN una PLACA DE IDENTIFICACIÓN** que permita localizar a sus dueños.

Así mismo los Veterinarios dan albergue temporal a los perros que cuentan con un chip, a la vez que localizan a los dueños para reintegrarlos a su familias. Es importante señalar que un país donde literalmente NO hay perros en las calles y donde los hay, la sociedad colabora con su alimentación y cuidados es sinónimo de una sociedad que tiene **educación y valores.**

EXHORTO A LAS AUTORIDADES:

Deseo hacer un exhorto a las autoridades de todos los niveles, de todos los partidos y de todos los rincones del mundo a incluir dentro de sus **Programas de Trabajo** tanto **las Reformas a las Leyes** como el **Presupuesto suficiente** para:

1. La edificación de albergues y hospitales veterinarios que puedan proporcionar atención gratuita o de bajo costo.

2. La adquisición de vehículos que se puedan utilizar como quirófanos móviles.

3. Las reformas en materia fiscal para que los gastos hospitalarios veterinarios, así como la compra de medicina veterinaria sea deducible de impuestos.

4. Elaborar programas permanentes de **ESTERILIZACIÓN** que ayude a resolver el problema de proliferación de esta población no atendida y eventualmente pueda erradicarse la sobrepoblación.

5. Revisar y actualizar periódicamente las Leyes de protección animal, vigilar y exigir que se lleven a la práctica sin excepción.

6. Sancionar a quien o quienes atentan diariamente contra la vida de un animal, incluyendo el maltrato animal en todas sus formas (falta de alimento y agua, tenerlos viviendo en azoteas sin el resguardo apropiado, atados con cadenas que les impidan la movilidad necesaria, golpes, tortura, quemaduras, explotación de las hembras obligándolas a parir repetidamente, falta de cuidados veterinarios, esterilización, etc.).

Como acciones relacionadas a los puntos anteriores están las siguientes propuestas:

- Promocionar en todos los medios de comunicación las ventajas de la esterilización, tanto en hembras como en machos (radio, televisión, prensa, redes sociales, etc.)

- Trabajar en conjunto con los y las rescatistas y organizaciones animalistas para integrar un buen equipo de trabajo, pues ellos conocen de primera mano las necesidades existentes.

- Difundir las leyes de Protección Animal para que todos conozcan su alcance y contenido.

Muy lejos está México de llegar a ser un país sin perros en la calle, y por ese motivo adquiere radical importancia educar a las nuevas generaciones en el cuidado y respeto hacia la vida animal. Los niños de hoy representan la esperanza de un mañana mejor.

Recordemos que la educación inicia en la casa con el ejemplo que damos los padres, se refuerza en la escuela y luego se practica en la calle.

EXHORTO A LOS LECTORES:

A mis lectores les recomiendo que si un día buscan adoptar un perro que no busquen perros de raza, todos los perros son iguales, que aunque sea una sola vez en su vida experimenten la adopción.

La experiencia de la adopción de un perro en su etapa de vejez es una oportunidad para cambiarles la vida, de pasar de una etapa donde carecen de todo a una vida donde lo tienen todo, enfatizando que el amor debe ser el sello distintivo de la adopción desde el inicio hasta el final de sus días.

Recibirán en pago todo el amor que un ser como éstos puede brindar sin que nadie se lo pida. Nosotros los llegamos a querer y ellos en reciprocidad nos quieren también.

Consideraciones a tomar antes de la búsqueda de un perro para adopción:

- Que la decisión de adoptar sea tomando en consideración la opinión de todos los miembros. de la familia, pues ello evitará que el animal sufra maltratos posteriores a su llegada.

- Que busquen información relacionada, lean y aprendan sobre sus cuidados y necesidades. Hay mucho que aprender.

- Que antes de decidir sobre la adopción respondan a tres preguntas básicas:

1. Tengo o tenemos el tiempo suficiente para atender un perro, para pasearlo y jugar con él? Los perros necesitan alimento, ejercicio y compañía.

2. Tengo el espacio suficiente para que el perro tenga su propio lugar donde pueda dormir y descansar con comodidad? Un NO rotundo a las azoteas o patios y sitios inseguros para un animal.

3. Tengo el dinero suficiente para cubrir sus necesidades básicas como son su alimento, el pago de sus vacunas y esterilización, además de medicamentos y atención veterinaria?

Si pudiste responder SI a todas las preguntas, este es el momento de buscar un perro para integrarlo a tu familia.

Pregunta en tu ciudad donde hay albergues o rescatistas o instituciones públicas donde tienen animales en custodia en espera de un adoptante.

Te aseguro que encontrarás cientos de animales que a diario con su mirada pedirán ser ellos los elegidos, muchos morirán en espera de una familia que los adopte, ellos no saben que a medida que crecen sus oportunidades se extinguen porque las personas en su mayoría buscan cachorros o perros jóvenes.

NOTA

Al momento de recibir el animal solicitar su historia clínica y su carnet de vacunas; sino existe historia clínica pedir informes de su historial de enfermedades y tratamientos para poder darle continuidad a su atención veterinaria.

ANTES DE TRAER EL PERRO A CASA:

- Decidir el nombre del perro y mandar a grabar su placa de identificación, cuidando que sea con letra legible (nombre del perro y teléfonos para localizar al dueño/a de preferencia 2 números)
- Habilitar el espacio donde va a permanecer la mayor parte del tiempo
- Preguntar al Veterinario qué alimentación y dosis recomienda de acuerdo a la edad del perro
- Comprar alimento, platos y utensilios para su alimentación
- Comprar lo necesario para asearlo o llevarlo a una estética canina, aprovechar para corte de uñas y de pelo si es necesario
- Comprar collar de material cómodo y que sea ajustable y una correa resistente
- Comprar toallas y cobijas necesarias de acuerdo al clima

DESPUES DE LLEVAR EL PERRO A CASA:

- Tomar fotos en diversos ángulos, de frente, de costado, de alguna seña particular que sirva para publicarlos en caso de extravío o robo y para comprobar que son los dueños si alguien los encuentra.

- Asegurarse que la casa no tiene lugares donde potencialmente el perro pueda salirse y escapar o donde alguien externo pueda robarlo

- Concertar una primera visita al Veterinario que lo atenderá durante toda su vida y si el perro macho o hembra no se encuentra esterilizado, programar la fecha de su esterilización en cuanto sea pertinente.

- Nunca sacarlos a pasear en los horarios con temperaturas altas, de preferencia en las mañanas o por la tarde/noche y **siempre llevar agua para evitar la deshidratacion. La razón es que las almohadillas de sus patas se queman y estas lesiones a simple vista son dolorosas.**

- No dejarlos salir de la casa solos, gran parte de estos animales quedan expuestos a que los envenenen, al robo, atropellamiento y muerte.

El principal descuido de muchos dueños es **NO colocar una placa de identificación** y actualmente muchos de los perros en la calle que tenían una familia nunca pudieron volver porque al momento de perderse no traían placa con su identidad y quien los encontró no pudo comunicarse con los dueños.

LO QUE NO DEBES DAR A UN PERRO

ALIMENTOS	CONSECUENCIA
Bebidas alcohólicas	Intoxicación, coma y muerte
Aguacate	Vómito y diarrea
Huesos de pollo, res o pescado	Roturas de dientes, ahogamientos y lesiones internas, sangrados
Nueces y macadamias	Daño en el sistema nervioso y músculos
Ajo y cebolla	Daño en la sangre y anemia, intoxicación, dificultad respiratoria y alteración del ritmo cardíaco
Uvas y pasas	Daño en los riñones
Lácteos (leche, quesos y yogurt)	Diarreas, son de difícil digestión
Café y té	Vómito y diarrea, daños al corazón
Chocolate	Daños al corazón y al sistema nervioso
Panes y pasteles	Dolor de estómago, gases y problemas respiratorios
Huesos de frutas	Intoxicación, contienen pequeñas dosis de cianuro

Quiero hacer énfasis en que los animales no deben ser tratados como objetos que cuando no son útiles se desechan.

Recordarte que los animales dependen de ti para todo, entonces son una responsabilidad de por vida.

Que los animales no son agresivos porque así es una raza, la agresividad de los animales solo es una respuesta al maltrato de los humanos con los que conviven o han convivido con anterioridad.

En resumen un perro agresivo es o ha sido un perro maltratado.

Exhorto a los dueños de perros de cualquier raza o edad, que nunca los maltraten, pues ellos no olvidan que un humano les hace daño y les dejan secuelas muy difíciles de curar.

He sido testigo de casos de animales que han sido rescatados con heridas y laceraciones en sus cuellos por cadenas oxidadas que alguien les impuso, perros en los puros huesos por falta de comida, deshidratados severamente por no contar con agua a su alcance, sucios por no haber recibido un baño en meses, enfermos o lesionados por conductores imprudentes, quemados de sus patas porque los sacan a pasear en horas de intenso calor olvidando que ellos no llevan zapatos o enfermos de neumonías por estar a la intemperie.

Este libro es también una oportunidad de reconocer el noble trabajo de los rescatistas hombres y mujeres de todos los países, pues ellos son una muestra de que no todo está perdido mientras en el mundo haya personas dispuestas a todo por salvar otras vidas.

Es así mismo un reconocimiento a los Veterinarios, los que conozco y a los que aún no conociéndolos sus acciones hablan por ellos, sé que tienen un corazón que vale oro y algunos donan su trabajo participando activamente en las campañas de esterilización y salvando vidas la mayoría de las veces.

Y finalmente si haz terminado de leer y aún no logro llegar a tu corazón y que te gustan los perros o gatos y no los puedes querer te invito a que los respetes y no les hagas daño, tan solo **"VIVE Y DEJALOS VIVIR!!**

"NO PRESUMAS QUE ADOPTASTE UN PERRO DE RAZA, PRESUME QUE ADOPTASTE UNO SIN CASA"

Autor Desconocido

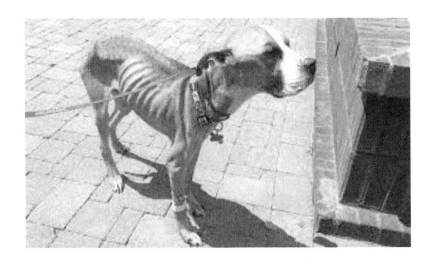

**LA INDIFERENCIA MATA TANTO
COMO EL MALTRATO!!**

**NO PODEMOS CAMBIAR LA VIDA DE
TODOS, PERO TODOS PODEMOS
CAMBIAR LA VIDA DE UNO!**

"LAS MANOS QUE DAN NUNCA ESTARÁN VACIAS"

Cita Bíblica

P.D.

Mi deseo es colaborar en la medida de lo posible con las y los rescatistas de la zona quienes tienen bajo resguardo alrededor de mil animales en situación vulnerable, no incluyendo en esa cifra la población aproximada de 300 animales que aún está en la calle por falta de espacio, pero sobre todo por falta de recursos para poder atenderlos.

El invierno está próximo y esos animales necesitan techo, comida y cuidados veterinarios, sino los reciben pronto morirán por la falta de ayuda.

Si Usted que me lee desea sumarse a esta iniciativa favor de escribir a mi correo electrónico: libra5810@gmail.com., o visitar mi página de Facebook en la siguiente dirección: **https://www.facebook.com/profile.php?id=1 00086524383343** y con gusto contestaré y daré mas información, así mismo haré las comprobaciones necesarias del uso de los fondos que se recauden para esta causa.

HASTA QUE NO HAYAS AMADO A UN ANIMAL, UNA PARTE DE TU ALMA PERMANECERA DORMIDA!

Anatole France

Georgia un año después de su adopción!

Made in the USA
Middletown, DE
02 December 2022

15920948R00046